19006

CONTRE
LES PRETENDVS
PRELATS DE L'EGLISE
pretenduë Reformée.

AVEC
LE CREDO DES
CATHOLIQVES.

M. DC. XI.

L'Autheur de ces Sonets est mort,
Ses vertus ne l'ont voulu suiure,
Puis que du monde heureux il sort
Et que ses vers le font reuiure.

SVR LA VAINE PRE-
SVMPTION DE LVTHER
coriphée de nos Heresiarques.

SONNET.

Luther cachant son froc, au puits Demo-
critique,
Pour faire banqueroute au vœu d'austerité
S'imagine d'y voir la pure verité
Qu'on cherchoit a tastons au teste Euangelique.

Ayant trouué la febue au gasteau fantastique
Il accuse d'erreur, toute lantiquité
Sy nous adioustons foy a l'infidelité
Luy seul est clair-voyant, en la foy Catholique.

Les Docteurs de l'Eglise en ōt tresmal escrit,
Gregoire est vn resueur, Hierosme vn hi-
pocrit,
Ambroise vn scismatique, Augustin vn
Prothée.

Rome est la Babilon, le Pape est l'Antechrist
Bref nul n'a part au Ciel, que ces freres en Christ
Mais qui croira c: fol, s'il n'est fol ou Athée.

DE MAISTRE IEAN
CALVIN SECOND HERE-
siarche de noftre temps au
fabuleux chien d'Esope.

SONNET.

LE goulu chien d'Esope au clair d'vne fon-
taine
Voyant l'ombre du pain qu'en sa gueulle il auoit
Laisse choir ce qu'il tiẽt, pour rauir ce qu'il void
Et quittãt le vray corps engloutist l'õbre vaine
  Caluin Apostasant de l'Eglise Romaine
Ressemble ce mastin, que l'ombrage deçoit
Car il laisse le corps, qu'en la masse il reçoit
Pour engloutir vne õbre, en l'erreur de la Cene.
  Caluin quitte son Dieu, le chien son aliment
L'vn par faute de foy, l'autre de iugement
Meuz en cas inesgal d'vne esgale ignorance.
  L'vn & l'autre ont dedãs ce qu'ils cherchẽt
dehors*
Mais quand l'ombre apparoist plus grande que
le corps
La gloute auidité se trompe a l'apparence.

SVR LES PRECEDENTES

AMOVRS DE BEZE REFOR-
mateur de l'Eglise, & diffor-
- mateur des loix Andro-
gynes.

SONNET.

Aux Sainats Enachoretes, miroirs &
exemplaires de pudicité.

Eſe enuoyé, dit-il, affin de reſormer
L'abus qui difformoit l'Egliſe Catholique
Chante icy les amours, qu'il a mis en pratique
Pour de l'amour diuin nos ames enflammer

   Anachor etes ſainats vous eſtes a blaſmer
Quittés ce vœu zelé, ce deſert trop pudique
Paris & Orleans, ou l'amour ſe pratique
Sont les deſerts ou Beze exerce l'art d'aymer

   Helas ! que deuiĕdroit vn Chreſtiĕ heraclite
Ayant du lac leman le Triton ſodomite
Qui pourroit de ſes pleurs les torrent contenir

   Mais voyant tant de peuple, abuſĕ de ces
charmes,
Quels vents, ny quelle mer auroient dequoy
fournir
A ſon cœur de ſouſpirs, & a ſes yeux de larmes.

AV SIEVR DV PLESSY

MORNAY SVR LE MESPRIS

de son imprimé contre la saincte
Euchariſtie depuis ſa honteuſe
conference auec monſieur
d'Eureux.

SONNET.

Comme vn enfant mort-nay dont l'ame
   eſt aſſeruie,
Aux rigoureuſes loix, d'vn oubly eternel
Porte, bien qu'innocent, le peché paternel
Qui le priue des fruicts de l'eternelle vie.

 Ton liure du Mornay, contre l'Euchariſtie
Sent la ſeuere loy, du vice originel
Depuis qu'a l'examen d'vn iuge criminel
Il comparut ſans ame, & toy ſans repartie

 Comme fruicts abortifs, cueillis hors de ſaiſon
Tous deux ſont reprouués, pour ſemblable raiſõ
Ayant tous deux au front, la tache originelle.

 Sy le ſeau du Baptesme en l'vn ſe fut trouué
Quand il eut en naiſſant la touche criminelle
En l'autre le viſa d'vn Docteur approuué
Ils pouuoient aſpirer a la vie eternelle.

EPITAPHE DE CLE-
MENT MAROT.

Clement Marot qui a esté
De son viuant grãd heretique
A plus Paradis souhaité
Par folie que par pratique
S'il ne vit donc en Paradis

Requiescant in inferis.

AMEN.

CONTRE L'ANTIPATER
HEREEIQVE.

CEluy qui par nouuelle injure
Frape Grammaire, & quantité
A du Moulin l'afne imité
Compofant des vers fans mefure.

AV MESMES.

L'Anglois & l'Alemant vont vifte
Iamais ne mefurent leurs pas,
Noftre heretique fuit leur pifte
Puis qu'il mefure fans compas.

Ce Sym-

Ce Symbole auoit esté veu
Toutesfois non pas de la sorte,
Quand ont l'aura doncques reueu
Le Sainct Esprit au sens porte.

LE CREDO
DES CATHOLIQVES,
En suitte du PATER NOSTER.

Tous les Docteurs n'ont pas apris,
A bien sçauoir leurs Patenostres,
Ny leur esprit n'a pas compris
Tout ce Symbole des Apostres.

QVOY croira-on encor? ceste secte hereti-
que
Sortie des enfers pour venir en ces lieux,
Seduire l'innocence, & par fauce pratique
Se dire reformee, & qu'elle entend trop mieux.

CREDO IN DEVM.

Ce n'est pas croire en Dieu, fauoriser le vice
Abatre la vertu, & par impieté,
Vouloir des saincts Autels rauir le sacrifice,
Vous ne cesserés point que n'ayez irrité.

PATREM OMNIPOTENTEM.

Ce n'est pas de IESVS les Peres qu'on offence,
C'est bien voler plus haut, pour vouloir choir
plus bas
De mespriser la foy joincte à nostre creance,
Et ne croire non plus, en vie qu'au trepas.

CREATOREM COELI ET TERRÆ.

Attaquer sans subiect la vie de nos Peres,
De vostre propre mal, les rendre malheureux,
Infecter tout vn peuple, ainsi que des viperes:
N'est-ce pas guerroyer contre les bien-heureux,

ET IN IESVM CHRISTVM.

Les Edits du feu Roy ne sont plus en memoire,
Ont sonné le Toxin afin de faire peur,
S'ils croyent que cela leur donne de la gloire:
Ils auront quelque iour plus grande terreur.

FILIVM EIVS.

Vous Messieurs de la Cour, qui voyez la na-
ture
De ces mauuais desseins, brassez contre la foy,
Iugez les innocens, punissez l'imposture,
Et ainsi nous verrons fleurir nostre grand Roy.

VNICVM DOMINVM NOSTRVM.

Il est comme vn Soleil au milieu des planctes
De son authorité il porte le flambeau,
Faisant desia briller ses Royales bluettes,
Ainsi qu'vn fils de Mars, ainsi qu'vn Hector
nouueau

QVI CONCEPTVS EST.

Il a desia receu le Sacre caractere,
Ne reste qu'à prier pour sa prosperité
Et bien que l'huguenot ne croye autre mistere
Ses voeux seront guidés par la viue clarté

DE SPIRITVS SANCTO.

Son esprit espandu desia parmi le monde,
Fera de ses valcurs vn renom glorieux :
Car ses vertus estant d'vne gloire feconde
Il viura bien-heureux fauorisé des cieux.

NATVS EX MARIA.

L'Heretique fasché grandemēt dans sō ame,
De voir Pere Coton pour son Predicateur,
Voudroit bien qu'vn ministre attaché de sa
famme
Peut tenir ce rang-là, sans estre conducteur.

VIRGINE.

A ij

Mais toy qui le conduis en la Chrestienne
voye,
Tous les discours Anglois ne te facent de peur :
Car syl qui du grand Roy, le chemiu ne fouruoye
Aura du vray Chrestiĕ les marques de l'hŏneur

PASSVS SVB PONTIO PILATO.

Aye de ce grand Dieu tousiours la souuenăce
Ainsi qu'il a souffert nous deuons tout souffrir,
Il a payé pour nous le pris de nostre offençe
Et puis sur vne croix il a voulu mourir.

CRVCIFIXVS.

Quand le moulin sans eau n'aura plus de
farine,
Faites-en vn de bois, propre à vostre cerueau,
Si Luther le sçauoit, il produiroit sa mine,
Mais d'vne obscure mort dăs l'infernal tŏbeau.

MORTVVS ET SEPVLTVS EST.

Pour maistre Iean Caluin sa miserable vie,
Il a desia long temps qu'il finit icy bas
Dont i'espere qu'aucun ne luy porte d'enuie,
La Parque ayant filé l'heure de son trespas.

DESCENDIT AD INFEROS.

Ayez doncques recours à la clarté diuine,
Vous verres de bien loin si vous auez la foy,
C'est celle que l'esprit de nos cœurs illumine,
N'auez vous point besoin d'vn miracle pour
    loy,

TERTIA DIE RESVRREXIT.

Si vous voulez encor par vos humbles
    prieres,
Acquerir le pardon de vostre iniquité,
Fuiez l'impieté de ces sales beurierés
Vous serez garentis si l'auez merité.

A MORTVIS.

Le Iuste sans subiet attaqué de malice,
Soit par vn huguenot, soit par vn enuieux,
Exposant aux corbeaux, son cœur en sacrifice,
Ayant rendu l'esprit en ces terrestres lieux.

ASCENDIT AD COELOS.

Belle estoille du monde admirable Marie,
Ne pleurez plus icy vostre Espoux glorieux
Il iouit maintenant d'vne plus douce vie :
Car en quitant ce monde en la voute des cieux :

SEDET AD DEXTERAM.

Puis donques que les cieux ont chery sa belle
    ame
Cherissez tout ainsi ces Peres innocens
Ils prieront pour vous & pour le Roy, Ma-
    dame,
Ils sont aymez du ciel, & sont les vrais enfäs.

DEI PATRIS OMNIPOTENTIS.

Faites que les desseins allumettes de guerre
Qui taschent de troubler nostre tranquilité
Soyent aussi bien cognus parmy toute la terre
Comme ils seront és cieux de la diuinité

INDE VENTVRVS EST IVDICARE.

Vous Curez de Paris, & des faux-bours
    ensemble,
Ioignez vos cœurs ça bas, pour les ioindre la
    haut
Et pour vn peu de gain, qui vos cœurs desas-
    semble
Ne cessez de prier nostre Dieu comme il faut.

VIVOS ET MORTVOS.

Ainsi tous les Curez, la Sorbonne, & Ie-
    suites,
Ne faisant rien qu'vn corps, l'Eglise fleurira,

Les bons & les mauuais, suyuront tous à leurs
pistes
Et i'espere qu'ainsi le schisme finira.

A MEN.

Le beurre de l'Anticoton,
Le Toxin de la Remonstrance,
Feront fleurir Pere Coton,
Et tous les Iesuites en France.

ODE.

QVEL gain pourroit auoir celuy
Qui poſſedant vn cœur en vie?
Voudroit neantmoins par enuie
L'auoir tout mort auecque luy?
C'eſt vn erreur pur trop inique
Inuentee de l'heretique,
Qui va le peuple ſeduiſant,
Par vne nouuelle impoſture
Du grand Roy l'aſſaſin diſant.
Des Ieſuites prendre nature,
Doncques contre ceſt enuieux,
Hypocrite & malicieux.
Anticothon plein d'ignorance,
L'Eſtat ferme touſiours ſera
Tant que le cœur du Roy de France,
A la Fleſche repoſera.